LETTRES
DES
HOMMES OBSCURS

Traduites du latin

PAR

VICTOR DEVELAY

TROISIÈME SÉRIE

PARIS
Librairie des Bibliophiles
Rue Saint-Honoré, 338
M DCCC LXX

LETTRES

DES

HOMMES OBSCURS

III I

TIRAGE :

10 exemplaires sur papier de Chine
500 — sur papier vergé

510 exemplaires.

LETTRES
DES
HOMMES OBSCURS

Traduites du latin

PAR

VICTOR DEVELAY

TROISIÈME SÉRIE

PARIS
Librairie des Bibliophiles
Rue Saint-Honoré, 338
M DCCC LXX

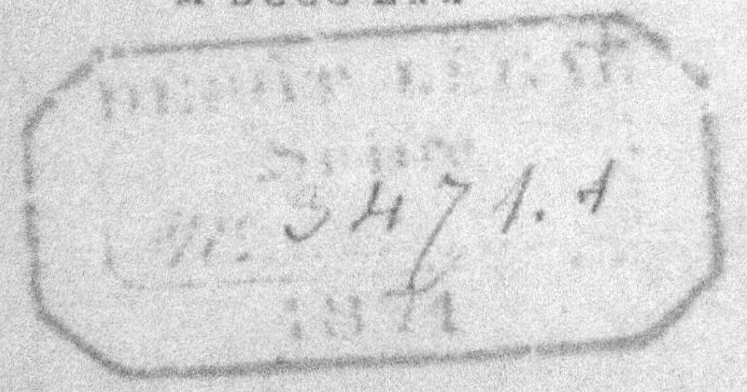

EITELNARRABIAN DE PESSENECK

De l'ordre de Saint Guillaume, bachelier faisant cours de théologie,

A MAITRE ORTUIN GRATIUS

TRÈS-NOMBREUSES SALUTATIONS

Nous sommes naturellement enclins au mal, comme nous le lisons dans les Authentiques. C'est pour cela que parmi les hommes nous entendons toujours plus de mal que de bien. J'ai disputé dernièrement à Worms avec deux Juifs et j'ai prouvé que leur loi avait été cassée par le Christ, et que leur attente du Messie était une vraie frasque et une chimère, et là-dessus j'ai allégué Seigneur Jean Pfefferkorn, de Cologne. Ils se mirent à rire et dirent : « Votre Jean Pfefferkorn de Cologne est un infâme truffeur, il ne sait pas l'hébreu, il s'est fait chrétien pour cacher sa perversité. Quand il était encore Juif en Moravie, il a frappé une femme sur le visage pour l'empêcher de voir dans la banque où l'on change les florins, et il s'est enfui en emportant plus de deux cents florins. Et dans un autre endroit, il fut mis à la potence à cause de son vol; je ne sais pas comment il en fut délivré. Nous avons vu la potence, plusieurs chrétiens l'ont vue, et même quelques nobles que nous pouvons nommer. » Alors je fus irrité et je répondis : « Vous en avez menti par la gorge, mauvais Juifs; si vous n'aviez pas un privilége, je vous arracherais les cheveux et vous étendrais sur un fumier. Vous dites tout cela par haine contre le Seigneur Jean Pfefferkorn. Il est bon et zélé chrétien autant que pas un dans Cologne. Je sais par expérience qu'il se confesse souvent vers les Prêcheurs avec sa femme ; il entend fréquemment la messe, et quand le prêtre élève l'eucharistie, alors il lève les yeux dévotement, et, comme le lui reprochent ses ennemis, il ne regarde plus la terre que pour cracher; mais il fait cela parce qu'il est très-bilieux et que le matin il prend une médecine pectorale. Pensez-vous que nos Maîtres de Cologne et les bourgmestres aient été fous en le nommant administrateur du grand hôpital et mesureur du sel, ce qu'ils n'auraient certainement pas fait s'il n'était point bon catholique? Je vous déclare que je veux lui rapporter tout cela, afin qu'il puisse défendre son honneur et vous tancer d'importance en écrivant sur votre confession. Vous dites qu'il est agréable à nos Maîtres et aux bourgmestres à cause de sa jolie femme ? Cela n'est pas vrai. Les bourgmestres ont de belles épouses, et nos Maîtres ne s'occupent pas des femmes, et on n'a jamais ouï dire qu'un notre Maître ait été adultère. L'épouse de Jean Pfefferkorn est aussi honnête que pas une dans Cologne, et elle aimerait mieux perdre un œil que sa bonne réputation. Je lui ai souvent entendu dire que sa mère lui avait souvent dit que les hommes qui sont circoncis font plus de plaisir aux femmes que ceux qui ne le sont pas ; elle dit pour cela que quand son mari mourra, si elle en prend un autre, il ne devra pas avoir de prépuce. Il ne faut donc pas croire qu'elle aime les bourgmestres, parce que les bourgmestres n'ont pas été Juifs et ne sont pas circoncis comme le seigneur Jean Pfefferkorn. Par conséquent, laissez-le en paix, autrement il écrira contre vous un traité qu'il intitulera le *Tocsin*, comme il a fait contre Reuchlin. »

Vous devriez montrer cette lettre à seigneur Jean Pfeffervickorn, afin qu'il se défende victorieusement contre de tels Juifs et contre Hermann de Busch, parce qu'il est mon ami très-affectionné et qu'il m'a prêté dix florins quand j'ai été promu bachelier formé en théologie.

Donné à Vérone, où de Busch et son compagnon ont mangé de la poularde grasse.

LUPOLDE FEDERFUSIUS

Qui sera bientôt licencié, adresse

A MAITRE ORTUIN

Autant de salutations que les oies mangent de brins d'herbe.

EIGNEUR Maître Ortuin, on a agité à Erfurth, pour les séances quodlibétaires, une question très-subtile dans les deux facultés de théologie et de physique. Les uns disent que quand un Juif se fait chrétien, pour lors il lui renait un prépuce, c'est-à-dire la peau qui lui a été coupée sur le membre viril au jour de sa nativité, suivant la loi des Juifs. Ceux-ci sont du bord des théologiens et ils ont pour eux des raisons magistrales, dont l'une est qu'autrement les Juifs devenus chrétiens seraient réputés Juifs au jugement dernier si leur membre viril était à nu, ce qui leur ferait injure. Or, Dieu ne veut faire injure à personne, donc, etc. Une autre raison est fondée sur le témoignage du Psalmiste, qui dit : *Il m'a caché au jour des péchés, et il m'a protégé secrètement.* Il dit *au jour des péchés*, c'est-à-dire au jugement dernier dans la vallée de Josaphat, quand il faudra rendre compte de tous les péchés. Je laisse d'autres raisons pour abréger, attendu qu'à Erfurth nous sommes des modernes et que les modernes aiment toujours abréger, comme vous le savez; et aussi parce que j'ai une mauvaise mémoire et que je ne peux pas citer beaucoup de choses par cœur, comme font les seigneurs juristes.

Mais d'autres veulent que cette opinion ne soit pas valable, et ils ont pour eux Plaute, qui dit dans sa poésie qu'un fait ne peut pas cesser d'être un fait. D'après cette parole, ils prouvent que si un Juif a perdu quelque partie de son corps dans le judaïsme, il ne la recouvre pas dans le christianisme. Et en même temps ils soutiennent que les arguments de leurs adversaires ne concluent pas formellement. Différemment, il s'ensuivrait de la première raison que les chrétiens qui ont perdu par leur luxure une partie de leur membre, comme cela arrive souvent aux personnes séculières et spirituelles, seraient pris pour des Juifs au jugement dernier. Une telle assertion est hérétique, et nos Maîtres les inquisiteurs des erreurs hérétiques ne l'accorderont jamais, parce qu'eux-mêmes sont quelquefois défectueux dans cette partie, ce qui leur arrive non en fréquentant les femmes de mauvaise vie, mais quand aux bains ils ne voient pas devant eux.

C'est pourquoi je prie votre Seigneurie humblement et dévotement de vouloir me déterminer par votre décision la vérité de la chose et interroger la femme de seigneur Jean Pfefferkorn, attendu que vous êtes bien avec elle et qu'elle n'aura pas honte de vous dire tout ce que vous voudrez à cause des relations amicales que vous avez avec son mari. J'ai aussi entendu dire que vous étiez son confesseur, par conséquent vous pouvez la contraindre, sous peine de la sainte obédience. Dites-lui : « Ma chère dame, n'ayez point honte, je sais que vous êtes une personne aussi honnête que pas une dans Cologne, je ne vous demande rien de déshonnête, mais dites-moi la vérité : votre mari a-t-il un prépuce, oui ou non ? Dites-le-moi hardiment sans honte, pour l'amour de Dieu ; pourquoi vous taisez-vous ? » Mais je ne veux pas vous enseigner : vous savez mieux que moi comment vous devez vous conduire avec les femmes.

Donné à la hâte à Erfurth, à l'auberge du Dragon.

PADORMANN FORNACIFEX
Licencié,

A MAITRE ORTUIN GRATIUS

SALUTATION LA PLUS SALUTAIRE

ERNIÈREMENT vous m'avez écrit de Cologne, et vous me reprochez de ne pas vous écrire, d'autant plus que vous dites que vous lisez volontiers mes lettres de préférence aux autres, parce qu'elles ont un bon style et qu'elles sont rédigées comme il faut suivant l'art épistolaire que j'ai appris de votre Excellence à Cologne. Je vous répondrai que je n'ai pas toujours l'invention et la matière comme je les ai maintenant. Vous remarquerez qu'en ce moment il y a ici des séances quodlibétaires. Les Maîtres et les docteurs déploient artificiellement une grande science à déterminer, résoudre, proposer des questions, des arguments, des problèmes dans toute espèce de connaissances. Et avec cela les poëtes et les orateurs se montrent tout à fait pleins d'art et de science. Parmi ceux-là il y en a un notable et magistral par-dessus tous les autres, qui se fait un grand renom quand il donne ses leçons. Il dit qu'il est le poëte des poëtes et qu'il n'y a pas d'autre poëte que lui. Il a écrit un traité en vers, qu'il a intitulé notablement; j'ai oublié le nom; je crois que c'est sur la colère et les gens bilieux. Dans ce traité il attaque plusieurs Maîtres et d'autres poëtes à qui on a empêché d'enseigner dans l'université à cause de leur art luxurieux. Mais les Maîtres lui disent en face qu'il n'est pas aussi bon poëte qu'il se glorifie de l'être; ils lui tiennent contre sur plusieurs points, et ils le prouvent par vous, attendu que vous êtes beaucoup plus profond dans l'art poétique. Avec cela ils montrent encore qu'il n'est pas bien fondé sur la quantité des syllabes, suivant les déterminations de Maître de Villedieu dans sa troisième partie, qu'il paraît n'avoir pas lue suffisamment, et et ils concluent contre sa prétention par plusieurs raisons. D'abord par votre nom, et cela de deux façons; voici la première : « Celui-là veut être plus profond poëte que Maître Ortuin, et pourtant il ne porte pas son nom. Assurément Maître Ortuin a été nommé Gratius à cause de la grâce surnaturelle qu'on appelle grâce gratuite. Car autrement vous ne pourriez pas écrire des ouvrages poétiques aussi profonds, sans cette grâce qui vous a été octroyée gratuitement par le Saint-Esprit, *qui souffle où il veut*, et que vous avez obtenue par votre humilité, *car Dieu résiste aux superbes et accorde sa grâce aux humbles.* »

Ceux qui lisent votre poésie et qui s'y connaissent avouent en conscience que vous n'avez point de rival, et s'étonnent que ce poëte soit assez sot et assez impudent pour vouloir être au-dessus de vous, quand un enfant pourrait comprendre que vous le surpassez comme Laborintus surpasse Cornutus. Nos Maîtres veulent réunir vos ouvrages et faire imprimer ce que vous avez écrit par-ci par-là dans divers traités, par exemple dans le Traité de notre Maître de Tongres, grand régent du collége Saint-Laurent; dans le Traité sur les propositions scandaleuses de Jean Reuchlin; dans le Sentiment parisien; dans plusieurs Traités de Seigneur Jean Pfefferkorn, autrefois juif et maintenant excellent chrétien. Ils ont peur que sans cela votre poésie ne périsse, et ils disent que ce serait un très-grand scandale pour notre siècle et un péché mortel si elle périssait par négligence et n'était pas imprimée. Les Seigneurs Maîtres vous prient aussi de daigner leur envoyer votre Apologie contre Jean Reuchlin, dans laquelle vous molestez d'importance ce docteur présomptueux, qui ose tenir contre quatre universités; ils veulent la copier et vous la renvoyer. Ceux qui adoptent cette manière de prouver sont Maître Jean Kirchberg, mon ami très-intime, qui a été promu avec moi; Maître Jean Hungen, mon ami très-affectionné; Maître Jacques de Nuremberg; Maître Jodoque Winsheim, et plusieurs autres Maîtres qui sont mes très-dignes amis et vos partisans intrépides.

Mais il y en a d'autres qui s'y opposent en disant que cette manière de prouver est à la vérité subtile et conclut magistralement, mais qu'elle ne convient pas à votre caractère, parce qu'il serait trop orgueilleux à vous de dire : « Voyez, mes Seigneurs, je me nomme Gratius à cause de la grâce surnaturelle que Dieu m'a donnée pour la poésie et pour toute espèce de connaissances. » Cela répugnerait à votre humilité qui vous a valu cette grâce, et ce serait contraire dans l'adjectif. Car la grâce surnaturelle et l'orgueil sont incompatibles dans le même sujet. La grâce surnaturelle est une vertu et l'orgueil est un vice ; ils sont incompatibles par cette raison « qu'un des contraires chasse nécessairement l'autre, comme la chaleur chasse le froid. » Notre Maître et poète, en disputant sur les prédicaments, a établi, d'après Pierre d'Espagne, que la vertu était contraire au vice.

Il y a donc une autre raison bien meilleure pour laquelle il se nomme Gratius. Ce nom provient des Romains Gracchus, en supprimant une lettre à cause de la mauvaise consonnance. On lit dans l'histoire des Romains que ces Gracchus ont été des poëtes et des orateurs très-remarquables, et que de leur temps Rome n'a vu personne qui les égalât et qui fût aussi subtil et aussi profond qu'eux en poésie et en rhétorique. On lit aussi qu'ils avaient une voix tendre et suave, non bruyante comme une trompette, mais douce comme une flûte, comme la flûte aux sons de laquelle ils avaient l'habitude de réciter le commencement de leurs discours. C'est pour cela que le peuple les écouta avec une grande affection et leur assigna le premier rang sur tous les autres dans cet art. C'est donc en raison de ces Gracchus que Maître Ortuin a été nommé Gratius. Car personne ne lui est comparable pour la poésie et pour la douceur de la voix. Et il surpasse tous les autres, comme ces Gracchus ont surpassé tous les poëtes des Romains. Ce poëte de Wittenberg devrait donc se taire et s'humilier ; il ne manque pas de profondeur, mais comparé à vous c'est un enfant. Ceux qui adoptent cette manière de prouver sont mes très-chers amis Eoban Hesse, Maître Henri Urban, Paul Ricius, Maître Georges Spalatin, Ulrich de Hutten, et surtout le docteur Louis Mistothée, mon Seigneur et ami et votre défenseur.

Vous devriez m'écrire quels sont ceux qui sont dans la meilleure voie et me faire savoir la vérité de la chose. Je veux célébrer une messe pour vous chez les Prêcheurs, afin que vous puissiez vaincre le docteur Reuchlin, qui vous a qualifié injustement d'hérétique, parce que vous avez écrit dans votre poésie : *L'auguste mère de Jupiter* pleure. Vivez en très-bonne santé.

De Wittenberg, dans la maison de Maître Spalatin, qui vous envoie autant de salutations qu'on chante d'alleluia entre Pâques et la Pentecôte. Encore une fois portez-vous bien et riez toujours.

NICOLAS LUMINATOR

ENVOIE

A SEIGNEUR MAITRE ORTUIN

Autant de salutations qu'il naît de moucherons et de puces dans un an.

CIENTIFIQUE précepteur, Maître Ortuin, je vous fais plus de remerciements que je n'ai de cheveux sur mon corps pour le conseil que vous m'avez donné d'aller étudier à Cologne dans le collége Saint-Laurent.

Mon père a été très-content; il m'a donné dix florins et m'a acheté une grande cape avec un liripipion de couleur noire. Le premier jour que je suis venu à l'université et que j'ai payé mon béjaune dans ledit collége, j'ai appris un trait notable que je ne voudrais pas donner pour dix blancs. Un certain poëte, Hermann de Busch, vint à ce collége pour une affaire avec un régent collatéral. Alors ce Maître lui tendit la main et le reçut révérencieusement en disant : « Comment se fait-il que la mère du Seigneur vienne à moi? » Et Busch lui répondit : « Si notre Seigneur n'a pas eu une mère plus belle que moi, assurément elle n'était guère belle. » Il ne comprit pas cette subtile allégorie de rhétorique dont ce régent de collége avait enveloppé son langage. J'espère que j'apprendrai encore dans cette fameuse université beaucoup de choses aussi utiles que ce trait notable. J'ai acheté aujourd'hui le Cours du collége ; demain je dois argumenter dans une dispute de collége sur ce sujet : « La matière première est-elle l'être dans l'acte ou dans la puissance ? »

A Cologne, du collége Saint-Laurent.

HERBORD MISTALDER

ENVOIE

A MAITRE ORTUIN

Son précepteur très-spirituel, incomparable en science, tant de salutations que personne ne pourra les compter.

RÈS-illuminé Maître, quand j'ai quitté votre Seigneurie à Zwoll, il y a deux ans, vous m'avez promis, en me prenant la main, que vous vouliez m'écrire souvent et m'enseigner par vos écrits la manière de rédiger, et vous ne m'écrivez pas si vous êtes vivant ou si vous ne l'êtes pas ; si vous êtes vivant ou si vous ne l'êtes pas, vous ne m'écrivez pas pour que je sache ce qui est, comment et de quelle façon cela est. Pourquoi me tourmentez-vous? Je vous prie pour l'amour de Dieu et de saint Georges de me délivrer de mon inquiétude, parce que je crains que vous ne souffriez de la tête ou que vous n'ayez mal au ventre, et que vous ne soyez relâché comme vous l'avez été autrefois quand vous avez embrené vos chausses dans la rue, et vous ne vous en seriez pas aperçu si une femme ne vous avait dit : « Seigneur Maître, où vous êtes-vous assis dans la merde? voilà que votre robe et vos pantoufles sont pleines de saletés. » Alors vous êtes allé dans la maison de Seigneur Jean Pfefferkorn, et sa femme vous a donné d'autres vêtements. Vous devriez manger des œufs durs, des marrons grillés et des fèves assaisonnées de poivre, comme on fait en Westphalie, votre patrie. J'ai rêvé que vous aviez une grosse toux et beaucoup de bile; mangez du sucre et des pois écrasés mêlés de serpolet et d'ail pilés, posez un oignon brûlé sur votre nombril et abstenez-vous de femmes pendant six jours; couvrez-vous bien la tête et les reins, et vous guérirez. Ou bien prenez la recette que la femme de Seigneur Jean Pfefferkorn a souvent donnée aux malades, et qui a toujours réussi.

De Zwoll.

VILIPAT D'ANVERS
Bachelier,

A MAITRE ORTUIN GRATIUS
Son ami très-affectionné,

GRANDE SALUTATION

N religieux de l'ordre des Prêcheurs, disciple de notre Maître Jacques de Hoogstraeten, inquisiteur des erreurs hérétiques, est venu vers moi et m'a salué. Et je lui ai demandé aussitôt : « Que fait mon ami très-affectionné, Maître Ortuin Gratius, qui m'a enseigné beaucoup de choses en logique et en poésie? » Et il m'a répondu que vous étiez malade: alors je suis tombé par terre à ses pieds, de frayeur. Il m'aspergea d'eau froide, me chatouilla les parties naturelles et eut de la peine à me rappeler à la vie. Alors je lui dis : « Oh! que vous m'avez fait peur! Quelle est sa maladie? » Et il me dit que votre mamelle droite était enflée, qu'elle vous causait une souffrance douloureuse et vous empêchait de travailler. Alors je repris mes sens en disant : « Ah! ce n'est que cela? je puis bien guérir cette maladie; je sais un remède que j'ai expérimenté. »

Mais, Seigneur Maître, sachez premièrement d'où vient cette maladie; je vous dirai ensuite le remède. Quand les femmes qui n'ont point de pudeur voient un bel homme comme vous, c'est-à-dire qui a des cheveux gris, des yeux bruns ou gris, le visage rouge, un grand nez, et qui est bien corporé, alors elles veulent l'avoir. Mais quand c'est un homme qui a de bonnes mœurs, qui est plein d'esprit comme vous, et qui ne s'occupe pas de leurs frivolités et de leurs artifices, alors elles ont recours à l'art de la magie : la nuit, elles s'asseoient sur un balai et chevauchent sur ce balai vers ce bel homme qu'elles aiment, et font leur affaire avec lui pendant qu'il dort, et il ne sent rien qu'un rêve. Quelques-unes deviennent chattes ou oiseaux, et sucent son sang par les mamelles et rendent leur ami quelquefois si faible qu'il peut à peine marcher avec un bâton. Je crois que c'est le diable qui leur a enseigné cet art. Mais nous devons obvier à cela suivant les indications que j'ai lues dans la bibliothèque des Maîtres, à Rostock, dans un livre très-ancien. Je les ai ensuite expérimentées, et elles sont vraies. Le dimanche nous devons prendre du sel bénit, faire une croix sur la langue avec ce sel et le manger, selon cette parole de l'Écriture : *Vos estis sal terræ*, c'est-à-dire vous mangez le sel de la terre, puis faire une croix sur la poitrine et une sur le dos, en mettre également dans ses deux oreilles, toujours avec une croix, en prenant garde qu'il ne tombe, et ensuite réciter cette oraison dévote : *Seigneur Jésus-Christ, et vous les quatre évangélistes, préservez-moi des femmes de mauvaise vie et des sorcières, de peur qu'elles ne sucent mon sang et ne me causent une grande douleur dans mes mamelles ; de grâce résistez-leur ; je vous donnerai en offrande un beau bénitier*. Et vous serez délivré. Si elles reviennent, alors elles suceront leur sang et s'affaibliront elles-mêmes.

Mais où en est votre affaire avec le docteur Reuchlin? Les Maîtres disent ici qu'il vous a vaincu; je ne crois pas qu'il puisse vaincre nos Maîtres. Je suis bien plus étonné que vous n'écriviez pas un ouvrage contre lui. Portez-vous bien superéternellement. Saluez Seigneur Jean Pfefferkorn avec sa femme; dites-leur que je leur souhaite plus de bonnes nuits que les astronomes n'ont de minutes.

De Francfort-sur-l'Oder.

ANTOINE N.

Quasi-docteur en médecine, c'est-à-dire licencié et bientôt promu,

A REMARQUABLE PERSONNE

MAITRE ORTUIN GRATIUS

Son précepteur très-vénérable,

SALUT

RÉCEPTEUR très-affectionné, comme vous m'avez écrit dernièrement que je devrais vous écrire des nouvelles, vous saurez que tout dernièrement je suis allé d'Heidelberg à Strasbourg pour acheter quelques drogues dont nous nous servons dans nos médicaments, comme vous le savez probablement, parce que c'est aussi la coutume de vos médecins : quand ils manquent de quelque chose dans leur apothicairerie, ils vont dans une autre ville acheter ce qu'il leur faut pour pratiquer leur art; mais laissons cela. Quand je fus arrivé là, il vint à moi un de mes bons amis qui m'est très-favorable et que vous connaissez bien, parce qu'il a été longtemps à Cologne sous votre férule. Il me parla alors d'un nommé Érasme, de Rotterdam, que je ne connaissais pas auparavant, qui était un homme très-instruit dans toutes les connaissances et dans toute espèce de science, et il me dit qu'il était actuellement à Strasbourg. Je n'ai pas voulu le croire et je ne le crois pas encore, parce qu'il me paraît impossible qu'un petit homme comme il l'est puisse savoir tant de choses. Je priai donc celui qui m'en faisait un si beau récit de me conduire vers lui pour que je pusse le voir. J'avais avec moi un recueil que j'ai intitulé : *Vade-mecum en médecine ;* je le porte toujours sur moi quand je vais en campagne pour visiter les malades ou pour acheter des drogues; il y a dedans différentes questions qui sont très-subtiles dans l'art de la médecine. J'ai puisé dans ce recueil une question avec ses remarques et ses arguments pour et contre, et je m'en suis fait une arme pour me présenter devant cet individu que l'on disait si savant, afin d'éprouver s'il savait oui ou non quelque chose en médecine. Quand j'en eus parlé à mon ami, il prépara une très-belle collation et il invita des théologiens contemplatifs, des juristes très-illustres et moi comme praticien en médecine, quoique indigne. Après qu'ils se furent assis, ils restèrent longtemps sans rien dire, et pas un de nous ne voulut commencer par honte. Alors je poussai du coude mon plus proche voisin, et je lui récitai ce vers qui me vint tout de suite à la pensée :

Conticuere omnes, intentique ora tenebant;

lequel vers j'ai toujours eu présent à la mémoire, parce que quand vous nous expliquiez l'*Énéide* de Virgile, j'ai peint à côté de ce vers un homme qui a la bouche close, pour faire une marque dans mon livre comme vous nous l'aviez recommandé. Cette citation venait fort à propos, puisque l'on disait que ce savant était aussi poëte. Pendant que nous gardions tous le silence, il se mit à discourir par un long préambule. Je veux n'être pas né d'un lit légitime si j'ai compris un seul mot de ce qu'il a dit, parce qu'il a une très-petite voix. Je crois qu'il a parlé de théologie, et il l'a fait pour attirer un notre Maître, homme très-profond en théologie, qui était attablé avec nous. Puis, quand il eut achevé son préambule, notre Maître se mit à disputer très-subtilement sur l'être et sur l'essence; il est inutile de répéter ce qu'il a dit, parce que vous avez traité à fond cette matière. Quand il eut fini, Érasme lui répondit en peu de mots, et tout le monde se tut.

Alors notre hôte, qui est un bon humaniste, se mit à parler de poésie et loua fort Jules

César pour ses écrits et aussi pour ses actes. Quand j'entendis cela, je fus bien à mon aise, parce que, quand j'étais à Cologne, j'ai lu et appris de vous beaucoup de choses en poésie, et j'ai dit : « Puisque vous vous êtes mis à parler de poésie, je ne puis pas me taire plus longtemps, et je dis simplement que je ne crois pas que César ait écrit ces *Commentaires*, et je vais prouver mon dire par un argument ainsi conçu : Quiconque s'adonne au métier des armes et à des travaux continuels ne peut pas apprendre le latin. Or César a toujours été au milieu des batailles et des plus grands travaux, donc il n'a pas pu être savant ni apprendre

le latin. Je suis donc parfaitement convaincu qu'il n'y a que Suétone qui ait écrit ces *Commentaires*, car je ne connais personne qui se rapproche plus du style de César que Suétone. »
Quand j'eus dit cela, avec plusieurs autres choses que j'omets ici pour abréger, car vous connaissez l'ancien proverbe : *Les modernes aiment la brièveté*, alors Érasme se mit à rire et ne répondit rien, parce que je l'avais terrassé par une argumentation aussi subtile.

Nous terminâmes ainsi la collation. Je n'ai pas voulu proposer ma question de médecine, étant sûr qu'il ne la connaîtrait pas, puisqu'il n'avait pas pu me résoudre cet argument de poésie, quoiqu'il fût poëte. Et je dis, pardieu, qu'il n'est pas aussi fort qu'on le dit; il n'en sait pas plus qu'un autre. Je veux bien qu'en poésie il parle un beau latin. Mais qu'est-ce que cela prouve? dans un an on peut en savoir autant. Mais dans les sciences spéculatives, comme la théologie et la médecine, il y a bien autres choses à faire pour les apprendre. Il a aussi la prétention d'être théologien, mais, cher précepteur, quel théologien! un théologien simple, qui ne s'inquiète que des mots et qui ne goûte pas le fond des choses. Représentez-vous (je veux faire une très-belle comparaison) quelqu'un qui voulant manger une noix n'en mangerait que la coquille sans toucher au fruit; il en est de même de ces gens-là, selon ma faible intelligence. Vous avez beaucoup plus d'intelligence que moi, car je sais que vous vous préparez à recevoir bientôt les insignes de docteur en théologie, que Dieu et la sainte Mère de Dieu daignent vous procurer cet avancement! Mais, pour ne parler que de moi, afin de ne pas m'étendre plus que je ne voudrais, je dis qu'avec mon art je puis plus gagner en une semaine (pourvu que Dieu m'accorde beaucoup de malades) qu'Érasme ou un autre poëte en un an. En voilà assez pour aujourd'hui, qu'ils gardent cela pour eux, car, pardieu, je suis très-irrité ; une autre fois je vous écrirai plusieurs nouvelles. Vivez et portez-vous bien aussi longtemps qu'un phénix peut vivre ; que tous les saints de Dieu vous en fassent la grâce, et aimez-moi comme vous avez toujours fait.

Donné à Heidelberg.

GALL LINITEXTOR

De Gundelfingen, chantre parmi les bons compagnons,

A MAITRE

ORTUIN GRATIUS

Son précepteur chéri de plusieurs manières,

SALUT

ÉVÉREND Seigneur Maître, comme vous m'avez écrit à Ébersberg une lettre très-consolante, dans laquelle vous me consolez parce que vous avez appris que j'étais malade, par conséquent je vous ai une reconnaissance sempiternelle. Mais dans cette lettre vous écrivez que vous avez été surpris que je fusse tombé malade, quoique je n'aie pas beaucoup à faire, comme tous les serviteurs des seigneurs, qui passent pour n'avoir rien à faire. Ah ! ah ! ah ! je veux être bâtard s'il n'y a pas de quoi rire de la question que vous me faites avec tant de simplicité. Ne savez-vous pas que cela dépend de la volonté de Dieu, qui peut faire un malade quand il veut et le guérir quand cela lui plaît ? Si la maladie provenait toujours du travail, cela n'irait pas bien pour moi, quoique vous disiez que je ne travaille pas beaucoup : car dernièrement, quand je me suis trouvé à Heidelberg avec de bons compagnons, il m'a fallu travailler énormément avec le cou, c'est-à-dire en buvant du vin, si bien que c'est un miracle que j'en aie retiré mon cou ; et vous croyez que ce n'est pas un travail? Je me borne à cette réponse pour la première partie de votre lettre.

Vous me dites en second lieu que je devrais vous envoyer un livre dans lequel il y aurait quelque chose de beau que vous pussiez expliquer aux jeunes gens. Comme vous avez toujours été aimable pour moi, eu égard à toutes les sciences différentes que vous savez par cœur, je ne puis m'empêcher de vous envoyer une lettre extraite d'un beau livre intitulé : *Épistolaire des Maîtres de Leipzig*, qu'ont rédigé les Maîtres les plus habiles de la célèbre université de Leipzig. J'ai l'intention, si cette première lettre vous plaît, de vous envoyer tout le livre, dont je ne me dessaisis pas volontiers. Cette lettre commence ainsi :

MAITRE CURION

Le plus ancien régent du collège Saint-Henri, à Leipzig,

A MATHIAS DE FALKENBERG

Noble d'une ancienne famille et depuis cinquante ans son compagnon toujours inséparable,

SALUT

Attendu qu'il y a déjà longtemps que nous n'avons été ensemble, je crois qu'il est bon de vous écrire une fois, afin que notre ancienne amitié ne soit pas détruite. J'ai appris par plusieurs personnes que vous vi-

viez encore, que vous vous portiez bien et que vous étiez encore aussi puissant que dans votre jeunesse, ce que, par le Dieu saint, j'ai appris avec très-grande joie ; mais que le bon Dieu me pardonne d'avoir fait un si gros juron! Plût à Dieu et à sainte Marie que vous pussiez venir jusqu'ici à cheval, car j'apprends que vous ne montez plus à cheval aussi aisément que lorsque vous étiez avec moi à Erfurth et dans d'autres endroits de la Saxe, où j'ai admiré bien des fois votre vigueur quand vous montiez à cheval.

J'ai eu bien peur, en apprenant que les habitants de Worms étaient en procès avec un noble, que vous ne fussiez engagé avec lui, parce qu'une ancienne famille comme la vôtre a de nombreuses relations. Lorsque vous étiez jeune, vous ne faisiez que boire et aller à cheval avec les jeunes gens de Worms, ce dont je vous ai souvent blâmé. Mais comme jusqu'à présent tout va bien, nous devons rendre des actions de grâces au Dieu Jésus d'être restés si longtemps en bonne santé. Je suis très-étonné que vous ne m'ayez jamais écrit, quoique vous ayez plusieurs messagers pour Leipzig et que vous sachiez bien que j'y ai toujours demeuré. Je ne pourrais pas être aussi paresseux que vous l'êtes, c'est pour cela que je vous écris, car j'aime à écrire souvent et je sais que pendant tout le temps que nous ne nous sommes pas vus j'ai écrit plus de vingt lettres à des personnages savants, mes égaux. Mais oublions cette faute ainsi que les autres.

Seigneur noble, je voudrais que vous eussiez été ici dernièrement, quand le sérénissime Prince de Saxe a célébré ses noces avec un très-beau bal, où il y avait plusieurs gentilshommes. J'ai été envoyé à ces noces avec notre recteur de Leipzig, comme c'est l'usage. Nous avons offert une grande coupe et plusieurs florins dedans ; nous sommes restés là pendant deux jours ; nous avons été très-joyeux et nous

nous sommes réconfortés gaiement en mangeant et en buvant. J'avais avec moi un domestique qui avait deux pots; il a bien su où j'étais assis à table et il a placé ces pots sous mon escabeau. Alors nous avons eu un vin des meilleurs; vous savez bien ce qu'il est, il est tout ce qu'il y a de plus délicieux; je le bois avec tant de plaisir qu'ensuite la tête me tourne et qu'en sortant de table je me mets à danser. Alors j'ai pris un pot, je l'ai rempli de ce meilleur vin et je l'ai posé sous la table; je l'ai fait pour que nous eussions quelque chose à boire en route. Ensuite, parmi beaucoup d'autres plats, nous eûmes plusieurs poulardes gar-

nies de bonnes choses; alors j'ai pris l'autre pot et je l'ai rempli avec une poularde entière; je l'ai fait pour que le magnifique seigneur recteur et moi nous eussions quelque chose à manger en route. Ceci fait, j'ai dit à un gentilhomme : « Seigneur gentilhomme, appelez-moi mon valet, j'ai quelque chose à lui dire. » Quand il l'eut fait et que mon valet fut venu, je lui dis : « Valet, viens, ramasse mon couteau qui est tombé sous la table. » (C'était moi qui l'avais fait tomber exprès.) Alors il se glissa sous la table, mit le couteau et les pots sous son habit, et escamota le tout si bien que personne ne le vit. O sainte Dorothée, si vous aviez été avec nous en route, quand nous retournâmes à Leipzig, comme nous aurions passé agréablement notre temps! J'ai mangé encore pendant deux jours après de ces restes, parce que nous n'avons pas pu tout manger en route.

Je vous écris cela parce que je sais que vous aimez aussi à escamoter sous le manteau ou dans le sac. Vous le faisiez quand nous étions ensemble, et c'est vous qui me l'avez appris. En bonne foi c'est un fort bel art, et je ne voudrais pas ne pas le savoir pour cent écus d'or. Quelqu'un m'a dit tout dernièrement que vous aviez un beau jardin dans votre patrie, dans lequel il y avait beaucoup de fruits : des poires, des pommes et des raisins, et que, quand vous alliez à votre auberge, parce que vous ne mangiez pas chez vous, alors vous aviez un grand carnier avec lequel vous escamotiez du pain blanc, des volailles et des viandes cuites, et que vous les escamotiez si bien que personne ne s'en apercevait. J'en suis étonné, mais je crois que vous avez en cela une longue expérience ; or l'expérience est la mère de l'art, comme l'a dit le philosophe, au neuvième chapitre de la Physique.

J'ai aussi appris que vous aviez avec vous une maîtresse qui ne voit pas bien d'un œil. Je suis véritablement surpris que vous puissiez être encore un homme pendant la nuit, vous qui êtes si vieux ; et ce qui me surprend encore plus, c'est que j'ai appris que votre chose était resté raide pendant six semaines sans que vous pussiez le baisser et que vous avez dit que c'était par maladie. Bon Dieu ! si j'avais cette maladie, quel bon compagnon je ferais ! Mais croyez-moi, je ne peux plus faire ce que j'ai fait dans ma jeunesse ; il y a quatre semaines que j'ai mis ma cuisinière à la porte, parce qu'il y avait longtemps que je ne pouvais plus rien.

Il y a encore une chose que je veux vous demander avant de conclure. Si vous avez un enfant ou un parent, ou si vous connaissez un bon ami qui en ait et qui veuille le faire étudier, alors envoyez-le-moi ici, à Leipzig. Nous avons plusieurs savants Maîtres auprès de nous, et nous avons un bon manger dans notre collége ; tous les jours deux fois sept plats, matin et soir, savoir : le premier s'appelle « Semper », *c'est-à-dire en allemand* toujours ; *le second* « Continue », *c'est-à-dire* continuellement ; *le troisième* « Quotidie », *c'est-à-dire* journellement ; *le quatrième* « Frequenter », *c'est-à-dire* fréquemment ; *le cinquième* « Raro », *c'est-à-dire* rarement ; *le sixième* « Nunquam », *c'est-à-dire* jamais ;

le septième « Aliquando », *c'est-à-dire* quelquefois. *Et avec cela nous avons une bonne boisson qu'on appelle* bière. *Vous le voyez, n'est-ce pas suffisant? Nous observons cet ordre pendant toute l'année, et tout le monde en est content. Mais dans nos chambres nous n'avons pas extraordinairement à manger, parce que cela ne serait pas convenable, car différemment nos suppôts n'étudieraient pas. Aussi ai-je inscrit ces deux vers sur toutes les chambres :*

La règle est ainsi faite : apporte ton manger,
Si tu veux par hasard avec moi déjeuner.

Vous voyez que je suis aussi

poëte. Mais en voilà assez pour ne pas paraître diffus.

Donné à la hâte à Leipzig, sous le ciel bleu. Portez-vous bien avec votre maîtresse plus joyeusement que l'abeille sur le thym et le poisson dans l'eau. Encore une fois portez-vous bien.

Maintenant voyez, Seigneur Maître Ortuin, si cette lettre vous plaît ; alors je veux vous envoyer un livre qui en sera tout plein, parce qu'elles sont très-bonnes selon ma faible intelligence. Je ne peux plus rien vous écrire. Portez-vous bien en celui qui a tout créé.

Donné à Ebersberg, où je voudrais que vous fussiez avec moi, ou que le diable me confonde. La sixième férie entre Pâques et la Pentecôte.

ARNOLD DE TONGRES
Notre Maître en Écriture Sainte

A MAITRE ORTUIN GRATIUS

SALUT

ÉNÉRABLE Seigneur Maître, je suis vexé au delà de toute vexation. Je comprends maintenant que ce dicton des poëtes : *Un malheur n'arrive jamais seul*, est vrai, et je vais vous en donner la preuve. Je suis déjà malade, et avec cette maladie il m'est venu une vexation très-grande que voici. Tous les jours des gens accourent vers moi et même m'écrivent de diverses provinces, car je suis connu dans tous les pays à cause du livre que j'ai fait contre la *Défense* de Jean Reuchlin, comme vous savez. Ces gens me disent et m'écrivent qu'ils sont étonnés que nous ayons chargé Jean Pfefferkorn, qui est un juif teint, d'écrire en notre faveur, pour défendre lui et nous tous contre Reuchlin et pour défendre notre foi, et qu'ainsi il recueille la gloire, quoique nous ayons fait nous-mêmes tous les ouvrages qu'il publie sous son nom, ce qui est vrai, comme je l'ai déclaré en confession. On dit même qu'il vient de rédiger un nouveau livre qu'il a intitulé en latin : *Défense de Jean Pfefferkorn contre Jean Reuchlin*, dans lequel il raconte toute l'affaire depuis le commencement jusqu'à la fin, et qu'il a aussi traduit ce livre en allemand. Quand j'ai appris cela, j'ai dit que cela n'était pas vrai, simplement parce que je n'en savais rien; et s'il l'a fait, alors, pardieu, c'est un scandale qu'il ne m'en ait pas instruit et qu'il ne m'ait pas consulté auparavant. Je crois qu'il ne se souvient plus de moi depuis que je suis malade. S'il m'avait questionné, alors je lui aurais dit que c'était assez d'une fois, parce que je sais que nous ne gagnons rien à écrire : car Reuchlin riposte toujours, parce qu'il a le diable au corps. Si cela est vrai, je désire ardemment qu'il ne le fasse pas, car vous pouvez l'en empêcher, étant le correcteur de ses livres.

Secondement, j'ai aussi appris, et cela ne m'a pas moins affligé, que vous aviez lardé (je le dis par honnêteté) la servante de l'imprimeur Quentel et que vous lui aviez fait un enfant ; que la chose était vraie ; que Quentel lui avait pardonné, mais qu'il n'avait pas voulu la garder plus longtemps dans sa maison et que maintenant elle était chez elle, où elle raccommodait les vieux habits. Je vous prie, à cause de la très-grande charité que nous avons toujours eue l'un pour l'autre, de vouloir m'écrire si c'est vrai ou non, parce qu'il y a longtemps que j'aurais bien voulu la forniquer; toutefois je n'ai pas voulu le faire, parce que je craignais qu'elle fût encore vierge. Mais, si c'est vrai que vous l'avez fait, alors, si vous voulez le permettre, nous la larderons à tour de rôle, moi un jour et vous l'autre, attendu que les premiers sont les plus dignes, que je suis Docteur, et que vous êtes Maître, soit dit sans vous mépriser. Nous garderons le secret et nous la nourrirons avec l'enfant à frais communs. Je sais qu'elle en sera bien contente ; je sais aussi que, si je l'avais lardée il y a longtemps, je ne serais pas malade comme je le suis ; mais j'espère que je me purgerai les reins pour me guérir. Là-dessus portez-vous bien ; si je n'étais pas trop faible pour voyager, je serais allé vous voir au lieu de vous écrire, mais malgré cela répondez-moi.

Donné à la hâte dans notre collége du Mont.

JEAN CURRIFEX
d'Amberg,

A ORTUIN GRATIUS,
de Deventer,

BIEN DES SALUTATIONS.

UISQUE vous m'avez écrit dernièrement comment je me trouvais à Heidelberg, et de vous dire comment me plaisaient ici les docteurs et les Maîtres, vous saurez donc premièrement qu'aussitôt que je suis arrivé à Heidelberg, je me suis fait cuisinier au collége, où j'ai la table gratis et aussi quelque argent pour mon salaire, et je peux profiter et me préparer au degré de la Maîtrise. C'est ainsi qu'a fait le pauvre Henri, qui n'avait ni livres ni papier, mais qui écrivait tout sur sa peau. C'est ainsi que s'est nourri Plaute, qui a porté des sacs au moulin comme un âne, et qui pourtant est devenu ensuite un auteur très-docte, parce qu'il a écrit ensuite des vers et de la prose.

Or, pour que vous sachiez quels sont ici les hommes savants, je veux d'abord vous parler des plus dignes et ensuite successivement des autres, parce que, comme dit le philosophe au premier chapitre de la Physique : *Il faut passer des universaux aux individus.* Porphyre descend aussi du genre le plus général à l'espèce la plus spéciale, où Platon veut que l'on s'arrête. Et c'est par les plus dignes que doit commencer la dénomination, comme le dit le maître gentil au second chapitre de l'*Ame.* Parmi tous les docteurs en théologie il y en a un ici qui est notre prédicateur, et qui a une voix de trompette quoiqu'il soit petit. On aime à l'entendre prêcher et on gagne à ses sermons, car, pardieu, il est savant, et savant au superlatif, je vous le dis; beaucoup de monde assiste à ses prédications parce qu'il est délectable et qu'il déchire les puissants en chaire et au chœur. Je l'ai entendu un jour développer cette question du livre des *Derniers analytiques** : « que ce qui est est, si cela est et pourquoi cela est, » et il a su tout expliquer en allemand.

Une autre fois il a prêché sur la virginité, et il a dit que les filles qui ont perdu leur virginité disaient ordinairement que cela leur avait été fait par violence. Alors il a dit : « Vous êtes bienvenues à dire : « par violence ! » Je le demande, si quelqu'un

* D'Aristote.

avait un glaive nu dans une main et un fourreau dans l'autre, et qu'il remuât toujours ce fourreau, ne serait-ce pas qu'il ne pourrait point pousser le glaive dedans? Eh bien, il en est de même des filles. »

Une fois pour le nouvel an, quand il fallut donner à chaque classe le nouvel an, alors il distribua des étrennes aux étudiants des trois colléges. Aux modernes (parce qu'il y a ici les modernes et les anciens) il donna un Saturne, et il leur dit : « Saturne est une planète froide, et il convient bien aux modernes, parce que ce sont des artistes froids, qui n'estiment pas saint Thomas, ni les compilations, ni les méthodes selon le cours du collége du Mont, à Cologne. » Mais il donna aux thomistes un enfant qui dormait à côté de Jupiter et qui se nomme Ganymède. Il se rapporte aux réalistes : car, de même que Ganymède verse à Jupiter le vin, la bière et de doux breuvages, comme Torrentinus l'a parfaitement expliqué dans le premier livre de l'*Énéide*, les réalistes s'infusent les arts et les sciences. Et il a ajouté d'autres arguments si délectables qu'on ne peut pas s'en faire une idée. Je crois qu'il est resté plusieurs nuits sans dormir quand il a découvert ces choses si subtilement et si parfaitement.

Mais il y en a beaucoup qui

disent que ce prêcheur débite des frasques, et qui l'appellent *Jongleur*, *Jean sans tête* et *Tête d'oie*, par la raison qu'une fois il échoua en disputant. Alors ils le traitèrent comme personne n'a été traité depuis cent ans. L'un d'eux l'attendit à la porte de la salle et ôta ensuite sa barrette devant lui (non par honneur, mais comme firent les Juifs quand ils couronnèrent le Christ en s'agenouillant), et il lui dit : « Seigneur docteur, sans vous offenser, que Dieu bénisse votre bain ! » Alors il répondit : « Je rends grâces à Dieu, Seigneur bachelier. » Il n'en dit pas davantage, et s'en alla. Quelqu'un m'a dit que ses yeux étaient pleins d'eau, et qu'il croit qu'il a pleuré ensuite. Quand j'ai appris de telles vexations, alors j'ai eu mal au ventre, et, si j'avais su quel était ce bouffon, je me serais battu avec lui, lors même qu'il aurait dû me casser la tête avec une planche.

Mais il a encore un disciple : c'est un homme savant, quasi plus que savant, et même quasi plus savant que son maître, si ce n'est qu'il est simple bachelier de la Bible. Il y a quelque temps, je me trompe, il y a très-peu de temps, il a bien résolu vingt questions ou sophismes, et toujours contre les modernes, savoir : si Dieu est dans le prédicament ; si l'essence et l'existence sont distinctes de leur fondement, et si les dix prédicaments sont réellement distincts. Oh! que de répondants! Je n'ai pas vu de ma vie plus de répondants dans la salle. Il a soutenu lui-même ses propositions, et il s'est fait honneur, car c'était assez d'un seul Maître pour lui répondre. Je m'étonne que le doyen ait permis qu'il en fût autrement; je crois que la canicule l'a rendu fou, parce que c'est contraire aux statuts. Et quand la dispute a eté finie, alors j'ai improvisé ces vers à sa louange, car je suis un peu humaniste :

Voilà un Maître savant qui a établi deux ou trois fois la dif-

férence qu'il y a entre l'être de l'essence et l'être de l'existence, les relations, les distinctions des prédicaments, et si Dieu qui est dans le firmament est dans un prédicament; ce que personne n'a fait avant lui dans tous les siècles des siècles.

Mais en voilà suffisamment là-dessus; je veux maintenant vous dire ou vous écrire quelque chose des poëtes. Il y en a un ici qui explique Valère-Maxime, mais il ne me plaît pas moitié autant que vous m'avez plu quand vous expliquiez à Cologne Valère-Maxime. Celui-ci procède simplement, tandis que vous, quand vous expliquiez le Mépris de la religion, les Songes, les

Auspices, alors vous alléguiez la sainte Écriture, c'est-à-dire la *Chaîne d'or* qui embrasse toutes les œuvres du bienheureux Thomas, de Durand et d'autres théologiens sublimes, et vous nous recommandiez de bien noter ces passages de la sainte Écriture, d'y dessiner une main et de les apprendre par cœur.

Vous saurez aussi qu'il n'y a pas ici autant de suppôts qu'à Cologne, parce qu'à Cologne les étudiants peuvent être comme sont ici les archers, et il y en a même quelques-uns qui portent la cuirasse, ce qu'on ne veut pas permettre ici, parce qu'il faut qu'ils mangent tous au collége et qu'ils soient inscrits sur les rôles de l'université. Mais, quoiqu'ils soient peu nombreux, ils sont néanmoins hardis, et bien aussi hardis que tous ceux de Cologne, car dernièrement ils ont jeté en bas des escaliers un régent du collége qui s'était tenu à la porte de la chambre et avait entendu qu'ils s'amusaient dedans : alors l'un d'eux, ayant voulu sortir, l'a trouvé là et l'a jeté en bas des escaliers. Enfin ils sont hardis, car ils se battent avec les reitres comme on fait à Cologne avec les taillandiers. Ils portent comme les reitres des épées nues, des arcs, des sabres, et même des arbalètes où il y a une corde avec laquelle ils lancent et qu'ensuite ils ramènent à eux. Dernièrement des reitres ont donné un coup de sabre sur la tête à un pensionnaire et l'ont fait tomber par terre, mais il s'est vite relevé, s'est défendu vaillamment et leur a appliqué tant de coups d'épée qu'ils ont invoqué saint Valentin et ont tous pris la fuite.

Il y a encore une chose que vous devez savoir. Vous devriez demander au docteur Arnold de Tongres, qui n'est pas peu savant en théologie, si c'est un péché de jouer aux dés pour gagner des indulgences. Je connais quelques compagnons présomptueux qui sont des ribauds, lesquels ont joué toutes les indulgences que leur a données Jacques de Hauteplace quand il eut terminé le procès de Reuchlin à Mayence. Ils sont trois ici, et ils ont dit que ces indulgences ne profitaient pas aux hommes. Si c'est un péché, comme je le crois, et il n'est pas possible que ce ne soit pas un péché, je les connais parfaitement, et je raconterai cela aux Prêcheurs, qui les confondront comme il faut; et je veux moi-même en personne (je suis bien assez hardi pour cela) leur couper les vivres. Je n'ai plus rien à vous écrire, si ce n'est de saluer de ma part la servante de Quentel, qui est près d'accoucher. Portez-vous bien pancratiquement, athlétiquement, pugiliquement, royalement, bellement et magnifiquement, comme dit Érasme dans ses Adages.

Donné à Heidelberg.

VENDELIN PANNITONSOR,

Bachelier et chantre à Strasbourg,

A MAITRE ORTUIN GRATIUS

NOMBREUSES SALUTATIONS

Vous me reprochez dans votre dernière lettre que l'encre est pour moi du baume, la plume du lin et le papier de l'or, pour que je vous écrive aussi rarement. Je veux maintenant désormais vous écrire toujours, et surtout, comme vous avez été mon précepteur en cinquième à Deventer et que vous êtes aussi celui par qui je vois, je suis donc tenu de vous écrire. Comme je n'ai point de nouvelles, je veux vous écrire autre chose, mais je sais que cela ne vous réjouira pas, parce que vous êtes bon sur le chapitre des Prêcheurs.

Dernièrement nous avons eu un banquet. Alors il y avait à table un individu qui parlait un latin si étrange que je n'ai pas compris tous les mots, mais bien quelques-uns. Il a dit entre autres qu'il voulait composer un traité qui devait paraître à la prochaine foire de Francfort, et qui serait intitulé : *Catalogue des prévaricateurs, c'est-à-dire des Prêcheurs*, parce qu'il voulait écrire toutes les abominations qu'ils ont faites, attendu qu'ils sont les plus abominables parmi tous les ordres.

Il raconterait d'abord comment à Berne le prieur et les supérieurs ont introduit dans le cloître des prostituées; comment ils ont fait un nouveau saint François; comment la bienheureuse Vierge et les autres saintes sont apparues à un prince; comment les moines voulurent ensuite empoisonner ce prince dans le corps du Christ, et comment, en raison de toutes ces abominations et horreurs qu'ils avaient commises, les moines ont été brûlés.

Ensuite il voulait raconter qu'un jour un Prêcheur forniqua une courtisane à Mayence, dans l'église, devant l'autel, et qu'ensuite, quand les autres courtisanes étaient en colère contre elle, elles l'appelaient : *putain de moine, putain d'église* et *putain d'autel ;* il y a des gens qui l'ont entendu et qui connaissent encore cette courtisane. Il veut aussi raconter qu'un Prêcheur voulut une fois, à Mayence, à l'hôtellerie de la Couronne, larder la servante, quand les Prêcheurs d'Augsbourg eurent ici leurs indulgences et logèrent dans cette hôtellerie; que la servante voulut faire le lit et qu'un moine la vit, lui courut après, la renversa par terre et voulut la prendre par force : alors la servante cria, et on vint à son secours, sans quoi il aurait fallu que la servante y passât. Et il veut raconter qu'ici, à Strasbourg, dans le cloître des Prêcheurs, il y a des moines qui ont amené des femmes dans leurs cellules, par la rive qui s'étend le long de leur cloître; ensuite ils leur ont coupé les cheveux, et ces femmes sont sorties habillées en moines, elles sont allées au marché, ont acheté des poissons de leurs maris qui étaient pêcheurs, et ensuite elles furent reconnues. Voilà les abominations que les Prêcheurs ont faites avec ces coureuses.

Un jour un Prêcheur alla se promener avec une moinesse : alors ils allèrent du côté des écoles, et les écoliers traînèrent ces deux moines à l'école et les corrigèrent hardiment ; et quand ils corrigèrent la moinesse, ils virent qu'elle avait une vulve : alors ils se mirent tous à rire et les renvoyèrent en paix, et dans toute la ville il ne fut bruit que de cette aventure.

Alors, pardieu, je fus très-irrité quand il eut dit cela, et je lui dis : « Vous ne devriez pas dire ces choses-là ; supposé qu'elles fussent vraies, vous ne devriez pas encore les dire, parce qu'il pourrait bien arriver que tous les Prêcheurs fussent tués en une heure comme les Templiers, si tout le monde connaissait ces abominations. » Alors il dit : « J'en sais encore tant que je ne pourrais pas l'écrire sur vingt rames de papier. » Alors je lui dis : « Pourquoi voulez-vous écrire sur tous les Prêcheurs ? Ils n'ont pas tous fait de même ; si ceux de Mayence, d'Augsbourg et de Strasbourg sont coupables, il y en a peut-être d'autres qui sont honnêtes. » Alors il dit : « Pourquoi vouloir me confondre ? Je crois que vous êtes un fils de Prêcheur ou que vous avez été Prêcheur. Citez-moi un seul cloître où il y ait des Prêcheurs honnêtes. » Alors je lui dis : « Qu'ont fait ceux de

Francfort : » Alors il dit : « Vous ne le savez pas ? Ils ont chez eux un principal qui se nomme Wigand ; c'est le chef de toutes les abominations ; il est l'auteur de l'hérésie de Berne ; il a fait un livre sur Wesal, et ensuite il l'a rétracté, cassé, détruit et annulé à Heidelberg ; il a fait ensuite un autre livre qui s'appelle *le Tocsin*, et il n'a pas osé y écrire son nom, mais il a chargé Jean Pfefferkorn d'y mettre le sien en lui offrant la moitié du bénéfice. Il a dû être content, parce qu'il savait bien que Jean Pfefferkorn était un gaillard qui ne respectait personne et qui ne se souciait pas même de sa réputation, pourvu qu'il gagnât de l'argent, comme font tous les Juifs. »

Quand j'ai vu qu'ils étaient plus nombreux de son côté que du mien, alors je suis parti. Mais j'ai été bien fâché qu'il n'eût pas été seul; si nous avions été tout seuls lui et moi, j'aurais fait le diable. Portez-vous bien.

Donné à Strasbourg, la quatrième férie après la fête de saint Bernard, en l'an 1516.

JACQUES DE HAUTEPLACE,

Professeur très-humble des sept arts libéraux et de la très-sacrée théologie, et en outre, dans quelques parties de l'Allemagne, maître, c'est-à-dire censeur des hérétiques,

A ORTUIN GRATIUS,

De Deventer, qui passe sa vie à Cologne,

SALUT

EN NOTRE SEIGNEUR JÉSUS-CHRIST.

La pluie très-douce dans un temps de longue sécheresse et le soleil après de longs nuages n'ont jamais été aussi agréables aux habitants des champs que l'a été pour moi votre lettre que vous m'avez envoyée ici à Rome. Quand je l'ai lue, alors j'ai été si transporté de joie que j'aurais volontiers pleuré, parce qu'il me semblait que j'étais à Cologne dans votre maison, quand nous buvions toujours un ou deux pots de vin ou de bière, en jouant au jeu de l'oie, tant j'étais content. Mais vous voulez que je fasse à mon tour comme vous, c'est-à-dire que je vous écrive aussi ce que je fais ici à Rome si loin, et comment je me trouve : je le ferai très-volontiers. Vous saurez donc que je suis encore bien portant par le souffle divin. Mais, quoique je me porte bien, cependant je ne suis pas à mon aise ici, parce que cette affaire pour laquelle je suis ici tourne mal maintenant pour moi. Je voudrais ne l'avoir jamais commencée ; tout le monde se moque de moi et me vexe ; Reuchlin est mieux connu ici qu'en Allemagne, et plusieurs cardinaux, évêques, prélats et membres de la Cour de Rome l'aiment. Si je n'avais pas commencé, je serais encore à Cologne, et je mangerais et je boirais bien ; ici j'ai quelquefois à peine du pain sec.

Je crois aussi que cela va mal en Allemagne, parce que je suis absent. Tout le monde écrit des livres en théologie suivant son bon plaisir. On dit qu'Érasme de Rotterdam a composé plusieurs traités en théologie, je ne crois pas qu'il fasse tout bien. Dernièrement, dans un petit traité, il a vexé les théologiens, et aujourd'hui il écrit théologiquement, cela m'étonne. Quand j'irai en Allemagne, je lirai ses écrits, et si je trouve un tout petit point où il se soit trompé ou que je ne comprenne pas, il verra que je ne ménagerai pas sa peau. Il a aussi écrit en grec, ce qu'il ne devrait pas faire, parce que nous sommes Latins, et non Grecs. S'il veut écrire ce que personne ne comprend, pourquoi n'écrit-il pas en italien, en bohémien ou en hongrois? Alors personne ne le comprendrait. Qu'il se conforme à nous théologiens, de par cent diables, qu'il écrive par *Utrum* et *Contra*, *Arguitur* et *Replica*, et par conclusions, comme ont fait tous les théologiens, et alors nous le lirons.

Je ne puis pas tout vous écrire ni vous dire quelle est ma pauvreté ici. Quand les membres de la Cour de Rome me voient, ils m'appellent apostat et disent que j'ai quitté mon ordre; ils en font autant au docteur Pierre Meyer, curé de Francfort, et ils le vexent bien autant que moi, parce qu'il me soutient. Mais néanmoins il est plus à son aise que moi, parce qu'il a un bon office, vu qu'il est chapelain du champ de Dieu, ce qui est, pardieu, un bon office, quoique les membres de la cour de Rome disent que c'est le plus vil de tous les offices qu'il peut y avoir à Rome; mais cela ne fait rien, ils disent cela par jalousie. En attendant il en tire son pain et se nourrit tant bien que mal, jusqu'à ce qu'il ait mené à fin son procès contre les habitants de Francfort. Presque toute la journée nous allons nous promener lui et moi au Champ de Flore et nous attendons des Allemands, car nous sommes bien aises de voir des Allemands. Alors les membres de la Cour de Rome viennent, ils nous montrent au doigt et rient en disant : « Tenez, en voilà deux qui veulent manger Reuchlin. Ils le mangeront, et ensuite ils le chieront. » Et on nous fait de si grandes vexations que les pierres en seraient indignées. Alors le curé dit : « Sainte Marie! qu'est-ce que cela fait? Nous voulons souffrir cela pour Dieu, parce que Dieu a beaucoup souffert pour nous et que nous sommes des théologiens, lesquels doivent être humbles et méprisés dans ce monde. » Il me rend ainsi de bonne humeur et je me dis : « Qu'ils disent tout ce qu'ils voudront, ils n'auront pas tout ce qu'ils voudraient. » Si nous étions dans notre patrie et que quelqu'un nous fît cela, nous saurions bien lui dire ou lui faire quelque chose, parce que je voudrais chercher le moindre prétexte contre lui. Tout dernièrement nous sommes allés nous promener ensemble : alors deux ou trois individus allaient devant nous, et nous derrière eux ; alors j'ai trouvé un papier ; je crois que c'est l'un d'eux qui a fait tomber ce papier exprès pour que nous le trouvassions ; il contenait ces vers :

ÉPITAPHE DE HOOGSTRAT.

La vengeance, la fureur, la rage, la fourberie, la méchanceté, l'envie, quand Hoogstrat mourut, ne moururent pas avec lui. Il déposa dans l'âme de la sotte multitude le germe de ces qualités, l'ornement de son génie.

SUR LE MÊME.

Ifs, croissez; croissez, aconits, sur ce tombeau : celui qu'il recouvre a tout fait.

SUR LE MÊME.

Pleurez, méchants; réjouissez-vous, gens de bien! Cette mort est pour ceux-ci une perte, et pour ceux-là un gain.

SUR LE MÊME.

Ci-gît Hoogstrat, que les méchants ont pu souffrir et endurer vivant, mais non les gens de bien. Lui-même a quitté la vie en frémissant : il n'avait qu'un regret, celui de ne pouvoir plus faire de mal.

Le curé et moi, quand nous eûmes trouvé ce papier, alors nous allâmes au logis, et nous restâmes dessus pendant plus de quatorze ou dix-huit jours sans pouvoir le comprendre. Il me semble que ces vers me concernent, parce qu'il y a dedans Hoogstrat; mais je crois aussi qu'ils ne me concernent point, parce que je ne m'appelle pas ainsi en latin : je m'appelle Jacques de Hauteplace, ou en allemand Jacques de Hoogstraeten. C'est pourquoi je vous envoie cette lettre, afin que vous veuilliez juger si c'est moi que l'on désigne ou un autre. Si l'on me désigne (ce que je ne crois pas, parce que je ne suis pas encore mort), alors je veux faire une enquête, et quand j'aurai trouvé l'auteur, alors je veux lui préparer un bain qui ne le fera pas rire. Cela m'est bien facile : j'ai ici un bon protecteur, qui est Stafir, cardinal de Saint-Eusèbe. Il saura bien faire le nécessaire pour l'amener en prison, où il mangera du pain et de l'eau et attrapera la peste. C'est pourquoi faites diligence et écrivez-moi votre opinion, afin que je sois très-certain.

J'ai aussi entendu dire que Jean Pfefferkorn s'était fait Juif une seconde fois, ce que je ne crois pas, parce qu'on a dit, il y a deux ou trois ans, qu'il avait été brûlé par le margrave de Halles; mais cette nouvelle n'était pas vraie pour lui : elle était bien vraie pour un autre qui s'appelait comme lui. Je ne crois pas qu'il se fasse Mameluck parce qu'il a écrit contre les Juifs, et que ce serait une honte pour tous les docteurs en théologie de Cologne et tous les Prêcheurs, parce qu'auparavant il était bien avec eux; qu'on dise tout ce qu'on voudra, pardieu, je ne le crois pas. Portez-vous bien.

Donné à Rome, dans l'hôtellerie de la Cloche, sur le Champ de Flore, le vingt et unième d'août.

Lettre d'un frère dévot et sans peur de l'ordre saint et immaculé, c'est-à-dire de saint Augustin, sur de mauvaises nouveautés survenues dernièrement à Colmar. La colère divine est sur nous, bon Dieu!

L'HUMBLE FRÈRE

JEAN DE TOLÈDE,

AU RÉVÉREND PÈRE, FRÈRE

RICHARD DE KALBERSTADT,

Seigneur vraiment dévot,

NOMBREUSES SALUTATIONS.

Je ne puis vous cacher sans un grand serrement de cœur les choses qui sont arrivées et survenues nouvellement dans cette ville, à nous et à notre saint ordre. Nous avons au couvent un frère que vous connaissez, qui est un homme remarquable, utile au monastère et honorable pour tout l'ordre, parce qu'il a une voix de trompette au chœur et qu'il sait bien jouer des orgues. Il parla et pérora dernièrement devant une bonne et jolie femme, amie de l'ordre (je veux dire qu'elle l'était autrefois, mais maintenant elle a apostasié et est devenue une mauvaise bête), et il lui en dit tant qu'elle vint le trouver la nuit dans le monastère, où elle resta pendant trois nuits. Il vint vers elle deux ou trois frères qui furent tous de belle humeur; ils s'abandonnèrent un peu à leurs sens avec elle, et, comme dans la fête de Codrus, ils agirent vaillamment et virilement, en sorte qu'elle fut bien satisfaite. Quand ce fut le jour qu'elle devait retourner chez elle, le frère lui dit : « Viens, je vais te conduire dehors, pour que personne ne te voie. » Elle lui dit : « Donne-moi auparavant mon salaire pour toi et tous les autres. » Il lui répondit : « Je ne peux pas payer pour les autres. » Il y avait ce jour-là grand office au chœur, et c'était lui qui était l'officiant. Alors il fallut qu'il allât au chœur pour commencer et finir les matines, et aussitôt il revint vers elle en dalmatique et en aube; il lui fit des amabilités sur la poitrine, entre ses mamelles, et il lui prodigua tant de caresses qu'il ne prévit rien de mal de sa part. Alors le marguillier sonna pour le chœur, et il courut en aube sans haut-de-chausses, pour assister à l'office divin. Et quand il revint, cette mauvaise bête était sortie dehors et avait emporté avec elle un bon froc avec un capuchon de bon drap noir. Et quand elle arriva chez elle, elle le coupa aussitôt en morceaux et ne craignit pas d'encourir la peine de l'excommunication pour avoir détruit un vêtement consacré. C'est alors que s'accomplit véritablement cette parole : *Ils se sont partagé mes vêtements.* Il y a des frères mauzélés qui disent que cette mauvaise bête doit avoir trouvé dans le liripipion du capuchon quatorze écus couronnés, ce qui, hélas ! ô douleur ! serait toujours une perte ; mais l'un le croit, et l'autre ne le croit pas.

Alors, quand ce bon frère vit qu'il était outragé et lésé, il alla vers le piéton de la ville (les nouveaux latinistes le nomment messager) et il lui dit : « Mon cher, va vers elle, et dis-lui qu'elle me rende mon froc. » Le piéton lui répondit : « Je n'irai pas si c'est vous qui le dites ; mais, si le magistrat me le dit, j'y irai. » Alors le frère, sans bien réfléchir, animé d'un bon zèle, parce que le magistrat était ami de l'ordre, alla vers le magistrat et lui fit sa plainte. Alors le magistrat instrumenta et envoya quérir la femme, et quand elle vint, le magistrat lui demanda : « Pourquoi avez-vous emporté le froc de ce frère? » Alors elle se défendit et raconta tout clairement, sans honte, comment elle avait passé trois nuits au monastère, comment on avait agi virilement avec elle et on ne lui avait pas donné son salaire. Alors le magistrat ne voulut pas faire ravoir au bon frère son froc, mais il lui dit : « Vous donnez de bien mauvais exemples, mais cela ne passera pas toujours comme cela; va-t'en, de par cent diables, et reste dans ton monastère. » Et il le renvoya; et ainsi ce bon frère fut honteux et confus. On se moqua de lui, et, après qu'on se fut moqué de lui, on nous imposa une grande croix en nous défendant sous des peines sévères de sortir hors du monastère pour aller dans les rues.

Le révérend père, frère prieur, n'était pas chez lui quand cela se passa; mais, quand il fut de retour, il envoya raconter toute l'affaire au révérend père provincial, notre gracieux maître. C'est un homme docte et illuminé, la lumière du monde, qui s'est très-bien comporté dans deux disputes contre les hérétiques, et qui les a tous contrecarrés; mais ils n'ont pas voulu le croire, les infidèles! Alors le révérend père provincial vint aussitôt dans la ville, et lui et le prieur furent très-mécontents contre ce frère de ce qu'il était allé inconsidérément vers le magistrat. Il aurait mieux valu que nous lui achetassions un froc neuf d'excellent drap, mais il a agi par un bon zèle. Aussitôt le provincial alla vers le magistrat et les sénateurs et les pria de nous donner de nouveau la permission de pouvoir aller du monastère dans les rues, mais il ne put rien obtenir, parce qu'ils dirent tous que c'était tout décidé. C'est peu de ne pouvoir plus sortir ; ils veulent encore nous donner un gérant (ils l'ont appelé un curateur) qui doit tout recevoir et dépenser dans le monastère et nous donner seulement le nécessaire. Certes, si cela a lieu, la liberté ecclésiastique est perdue, il ne manque plus que le diable reste au monastère. O mon cher frère, fallait-il que nous vissions cela de notre vivant ? Qui aurait pu jamais s'attendre à cette douleur de voir nos meilleurs amis nous trahir pareillement ? Assurément le révérend père prieur est très-contristé, il a été pendant quelques jours malade de chagrin ; aujourd'hui, qui est le huitième jour, le matin, après sa troisième digestion, il a eu une mauvaise sueur, ensuite il s'est levé pour aller faire ses besoins; il a fait avec beaucoup de difficulté une selle non grosse, mais petite, ce qui l'a soulagé. Mais il compte beaucoup sur une amie de l'ordre qui sait bien lui faire cuire de bons beignets, des pets de nonnes et autres friandises.

Très-cher frère, si les laïques deviennent nos maîtres, ils se moqueront tous de nous. Ils ont déjà fait sur nous un proverbe qu'ils ont pris d'un vieux mot que l'on prête à un curé. Ce curé aimait à manger du bon fromage; pendant la nuit sainte il alla aux jeux de Pâques, alors sa bonne amie lui vola son bon fromage; et quand il revint il ne trouva plus son fromage, et s'écria : « Par les dieux saints! la putain m'a volé mon fromage. » Ainsi maintenant, quand nous regardons par-dessus les murs vers la place pour nous récréer, ils tournent le proverbe, non simplement, mais par contraposition, et crient : « Écoutez, par les dieux saints, la putain m'a volé mon froc. » Pieux frère, il faut donc que nous ayons plusieurs grandes vexations et tribulations sous ces laïques à cause de notre ordre. Et maintenant ces paroles de l'Écriture s'accomplissent véritablement en nous : *Des esclaves nous ont dominés, sans qu'il se trouvât personne pour nous racheter d'entre leurs mains. Il n'y a plus de vieillards dans les assemblées des juges, ni de jeunes hommes dans les concerts de musique. La joie de notre cœur est éteinte ; nos chants sont changés en lamentations.* Très-cher frère, priez Dieu pour nous, afin qu'il nous délivre des mauvais laïques. Mais, quoi que vous fassiez, bon frère, veillez à ce que ces mauvais ribauds de poëtes séculiers n'aient pas connaissance de cette lettre, car sans cela ils écriraient contre nous. Portez-vous bien athlétiquement, très-cher et pieux frère.

Donné dans notre monastère, le

huitième jour du mois de mai, de l'année 1537.

Si quelqu'un veut rendre cette lettre plus élégante, il le peut bien, mais il faudra conserver intact le texte de l'histoire, parce que c'est la vérité, et on ne peut pas retracer de plus grands malheurs que ceux qui nous sont arrivés.

Cette lettre a été envoyée du Brabant à un frère dévot de Mayence, pour lui faire part de certaines calamités et nouveautés anti-chrétiennes.

FIN.

Paris. — Imp. Jouaust.

ULRIC DE HUTTEN, *Dialogue très-facétieux et très-salé*. 2 fr.
PERSE, *Satires*. 3
HEINSIUS, *Éloge du Pou*. . . . 1 50
LETTRES DES HOMMES OBSCURS, en 3 séries. 3 vol. à 3 fr. . . . 9

Pour paraître en octobre 1871 :

ÉLOGE DE LA FOLIE

PAR ÉRASME

Traduction nouvelle par V. Develay, accompagnée des 82 *compositions d'HOLBEIN*, dessinées à la plume sur l'exemplaire conservé au Musée de Bâle, et reproduites par la photo-gravure sur bois.

1 beau volume grand in-8, imprimé sur papier vélin de Hollande à la forme fabriqué pour l'édition. — Tirage à petit nombre.

Le prix de l'ouvrage n'est pas encore fixé ; il sera, au minimum, de 25 francs pour le papier vélin.

www.ingramcontent.com/pod-product-compliance
Lightning Source LLC
LaVergne TN
LVHW020325230826
846091LV00003B/779
* 9 7 8 2 3 2 9 2 2 9 4 7 8 *